Analyse

Le Dernier Jour d'un condamné

de Victor Hugo

lePetitLittéraire.fr

Rendez-vous sur lepetitlitteraire.fr et découvrez :

Plus de 1200 analyses
Claires et synthétiques
Téléchargeables en 30 secondes
À imprimer chez soi

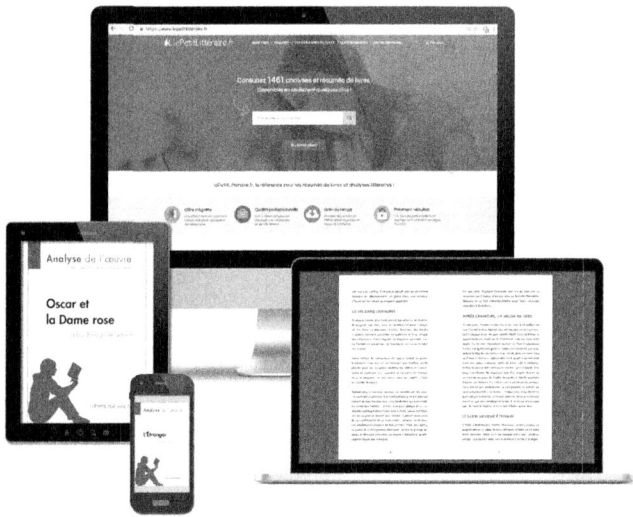

VICTOR HUGO	1
LE DERNIER JOUR D'UN CONDAMNÉ	2
RÉSUMÉ	3

Chapitres 1-21 – De Bicêtre
Chapitres 22-47 – De la conciergerie
Chapitres 48-49 – D'une chambre de l'hôtel de ville

ÉCLAIRAGES	8

La peine de mort
Le mouvement abolitionniste
en France

CLÉS DE LECTURE	11

Le combat contre la peine de mort
Un roman à thèse
Portrait d'un antihéros

PISTES DE RÉFLEXION	22
POUR ALLER PLUS LOIN	25

VICTOR HUGO

POÈTE, DRAMATURGE, ROMANCIER ET HOMME POLITIQUE FRANÇAIS

- **Né en 1802 à Besançon**
- **Décédé en 1885 à Paris**
- **Quelques-unes de ses œuvres :**
    - *Hernani* (1830), pièce de théâtre
    - *Notre-Dame de Paris* (1832), roman
    - *Les Misérables* (1862), roman

Poète, romancier, dramaturge et homme politique, Victor Hugo est l'écrivain emblématique du romantisme français. Élu chef de file des romantiques, il n'en mène pas moins une vie politiquement engagée, intervenant dans de grandes causes comme l'abolition de la peine de mort. Durant le Second Empire (1852-1870), il fut contraint à l'exil (1851-1870) à Jersey, puis à Guernesey où il écrivit notamment *Les Misérables*.

À sa mort en 1885, la République lui organise des obsèques nationales grandioses et il est célébré par le peuple comme le plus grand écrivain français.

LE DERNIER JOUR D'UN CONDAMNÉ

UN VÉRITABLE PLAIDOYER CONTRE LA PEINE DE MORT

- **Genre :** roman
- **Édition de référence :** *Le Dernier jour d'un condamné*, Paris, Flammarion, coll. « GF-Dossier », 2010, 185 p.
- **1re édition :** 1829
- **Thématiques :** peine de mort, souffrance, injustice, cruauté

Le Dernier Jour d'un condamné est publié en 1829. L'édition de 1832 est augmentée d'une importante préface.

Cet ouvrage se présente comme les ultimes pensées d'un condamné à mort dans les 24 dernières heures de sa vie. On ne connait ni son nom ni le crime qu'il a commis. Dans ce « journal des souffrances », le narrateur revient sur ce qu'il a vécu pendant six semaines, de l'issue de son procès à son exécution. Il le ponctue de réflexions sur sa condition, de souvenirs de sa vie d'avant, avec toujours l'ombre menaçante de la guillotine.

Cette œuvre est plus qu'un roman ; c'est un véritable réquisitoire contre la peine de mort, témoignage du combat mené par Victor Hugo.

RÉSUMÉ

CHAPITRES 1-21 – DE BICÊTRE

Cela fait cinq semaines que le narrateur a été condamné à mort, cinq semaines qu'il vit avec la pensée obsédante de la guillotine. Auparavant, c'était un homme comme les autres, libre, qui aimait les jeunes filles et le théâtre. Désormais, il est prisonnier et enfermé dans une idée, celle de la mort.

Lors de son procès, il s'est rendu confiant à ses audiences. Il ne voyait pas d'autre issue que la liberté. Mais la sentence fatale est tombée : l'échafaud.

À son arrivée à la prison de Bicêtre, on l'a revêtu d'une camisole de force. Il a décidé de se pourvoir en cassation (c'est-à-dire de présenter un recours extraordinaire devant la Cour de cassation) et devrait bientôt être mis au courant de la décision du tribunal.

Le condamné revient sur ses conditions de détention. Au début de son emprisonnement, les gardiens le traitaient avec une douceur insupportable, lui rappelant à chaque occasion qu'il n'était pas un prisonnier comme les autres (« les égards du guichetier sentent l'échafaud », p. 18). À son grand soulagement, les prévenances ont pris fin après quelques jours.

Chaque semaine, il a droit à une heure de promenade dans le préau, en compagnie des autres prisonniers. Avec eux, il apprend quelques rudiments d'argot, en particulier le vocabulaire lié au milieu carcéral (« La tête d'un voleur a deux noms : la Sorbonne, quand elle médite, raisonne et conseille le crime ; la tronche, quand le bourreau la coupe », p. 18).

Des curieux paient pour l'apercevoir à travers les grilles de son cachot, où il est surveillé jour et nuit.

Finalement, on lui ôte sa camisole et on l'autorise à écrire.

Le narrateur fait le compte des jours qu'il lui reste à vivre. Les procédures prennent en tout six semaines. Étant donné qu'il est là depuis maintenant cinq semaines, l'exécution ne devrait pas tarder.

En attendant le lever du jour, le prisonnier observe les inscriptions qui ornent les murs de son cachot. Avant lui, une multitude d'hommes, du meurtrier sans remords au dissident politique, se sont trouvés à la même place que lui. Il s'arrête brusquement, après avoir remarqué le dessin d'un échafaud, la représentation de sa future mort.

Quelques jours plus tôt, il a eu l'occasion d'assister, seul dans une cellule, au ferrage et au départ pour le bagne des forçats. Cet évènement a mis la prison en liesse. Le narrateur observait cela avec une curiosité mêlée de pitié. Tout à coup, les galériens ont interrompu leur ronde joyeuse, les yeux se sont tournés vers lui et les doigts l'ont désigné. Il était à son tour au centre du spectacle, lui, le condamné à mort. Les forçats se sont précipités en dessous de sa fenêtre. D'effroi, il s'est évanoui. Il a été transporté à l'infirmerie, où il rêvassait quand il a entendu un chant venant de l'extérieur.

La voix de la jeune fille était magnifique, mais les paroles terribles l'horrifièrent (« C'était une chose repoussante que toutes ces monstrueuses paroles sortant de cette bouche vermeille et fraiche », p. 43).

En écrivant, le condamné ne peut s'empêcher d'imaginer son évasion.

Le jour se lève. Le guichetier vient demander au narrateur ce qu'il désire pour déjeuner. Ce dernier comprend aussitôt que son exécution est prévue pour le jour même. Il reçoit les visites du directeur de la prison et du prêtre. Sous le choc de la nouvelle, il vacille. Il est tiré de sa torpeur par l'huissier, qui lui annonce le rejet de son pourvoi en cassation.

CHAPITRES 22-47 – DE LA CONCIERGERIE

Le condamné est transféré de son cachot de la prison de Bicêtre à celui de la conciergerie. La foule s'amasse sur son trajet jusqu'à Paris.

Dans sa nouvelle cellule, il rencontre un homme, lui aussi condamné à mort, qui lui raconte les circonstances qui l'ont amené à être emprisonné. Ce détenu lui demande sa veste, à lui qui n'en aura bientôt plus besoin, pour pouvoir l'échanger contre du tabac. À contrecœur, le narrateur la lui cède.

Il est amené dans une autre cellule, dans laquelle il dispose de quoi écrire. Il se remémore la première fois qu'il a vu une guillotine. À l'époque, épouvanté, il avait détourné la tête.

Un nouveau gendarme vient le surveiller et lui fait une demande surprenante : cela fait des années qu'il joue à la loterie, sans succès. Il implore le condamné de venir lui annoncer les chiffres gagnants une fois mort. Le narrateur a alors une folle lueur d'espoir : il en fait la promesse, à condition qu'ils échangent leurs vêtements. L'agent s'exécute, mais, au dernier instant, émet des doutes. Le rêve d'évasion est brisé (« Je me suis rassis, muet et plus désespéré de toute l'espérance que j'avais eue », p. 72).

Pour oublier le présent, le condamné se réfugie dans le passé. Il se remémore un doux souvenir, celui de son premier amour avec Pepita.

Puis, pendant une heure, il parvient à s'endormir, mais son sommeil est perturbé par un rêve étrange. À son réveil, le prêtre lui apprend que sa fille est là. Fou de joie, il la fait venir sur-le-champ. Mais son bonheur est de courte durée : sa propre fille ne le reconnaît pas. Il est passé du statut de père à celui d'un simple inconnu, d'un « monsieur ». Cette triste rencontre achève de l'abattre (« À présent ils devraient venir ; je ne tiens plus à rien ; la dernière fibre de mon cœur est brisée. Je suis bon pour ce qu'ils vont faire », p. 88).

Cependant, il décide d'écrire encore quelques pages pour sa fille, afin qu'elle connaisse l'histoire de son père et comprenne pourquoi son nom est taché de sang. S'ensuit une note de l'éditeur (chapitre 47) qui explique que ces feuillets sont manquants : le condamné n'a probablement pas eu le temps de les rédiger.

CHAPITRES 48-49 – D'UNE CHAMBRE DE L'HÔTEL DE VILLE

La foule s'amasse sur la place. À trois heures, le narrateur est emmené pour la toilette du condamné. On lui coupe les cheveux, on lui retire sa veste et on lui attache les mains et les pieds.

En sortant de la prison, il est placé sur une charrette, d'où il peut toiser la foule impatiente d'assister au spectacle macabre.

Lors du court trajet vers l'échafaud, le condamné chancèle. Il a une ultime déclaration à faire : qu'on le laisse écrire ses dernières volontés.

Il implore la grâce et essaie de retarder le moment fatal (« Ma grâce ! ma grâce ! ai-je répété, ou, par pitié, cinq minutes encore ! », p. 97) – en vain.

ÉCLAIRAGES

LA PEINE DE MORT

Selon les époques et les régions, la peine de mort a été considérée très différemment. Largement répandue dans le monde jusqu'au XVIIIe siècle, la peine de mort est à présent abolie dans de nombreux pays. Les débats animés, et parfois violents, entre opposants et partisans de la peine de mort ont contribué à faire évoluer la notion de droits de l'homme.

En France, sous l'Ancien Régime (1515-1789), les exécutions étaient fort répandues, les motifs innombrables et les procédés de mise à mort variés (la potence, le bucher ou encore la décapitation, exclusivement réservée aux nobles). Le bourreau, par manque d'adresse, infligeait parfois d'inutiles souffrances aux condamnés. De plus, l'inégalité entre les citoyens dans la mort choquait les révolutionnaires de 1789.

Sensible à cette double injustice, le Dr Guillotin (médecin et homme politique français, 1738-1814) réclama qu'aux mêmes crimes soit appliquée la même peine. En 1791, le Code pénal précisa que « tout condamné à mort aura la tête tranchée ». C'est à Antoine Louis (chirurgien militaire français, 1723-1792) que revient la conception de cette nouvelle technique de mise à mort. La première exécution à la guillotine eut lieu en 1792 et la terrible machine fonctionna pendant encore près de deux siècles – jusqu'à son abolition en 1981 par François Mitterrand (homme d'État français, 1916-1996).

LE MOUVEMENT ABOLITIONNISTE EN FRANCE

Dès 1791, des voix s'élèvent pour demander l'abolition de la peine capitale. Les pétitions et propositions de loi abolitionnistes se multiplient. En 1838, à la Chambre des députés, Lamartine déclare que « la peine de mort est devenue inutile et nuisible dans une société évoluée ».

LAMARTINE

Alphonse de Lamartine (1790-1869) est un poète et homme politique français. C'est une figure majeure du romantisme, dont il exploite abondamment les thèmes. Son poème *Le Lac*, dédié à un amour perdu, est un des sommets du lyrisme poétique. Sa carrière politique est moins connue, bien qu'elle représente l'essentiel de sa vie et culmine en 1848, quand il prend la tête des révolutionnaires.

Le combat abolitionniste a toujours été au cœur de la vie de Victor Hugo, et *Le Dernier Jour d'un condamné* marque le début de son engagement en faveur de l'abrogation de la peine de mort. Toutefois, le romancier comprend vite que, pour être efficace, il ne peut se cantonner uniquement à la littérature. Il investit donc toutes les possibilités offertes par l'écriture pour rallier à sa cause l'opinion publique. Il multiplie alors les discours politiques à l'Assemblée et au Sénat, les articles de journaux, les pétitions, etc.

Pour Hugo, la peine de mort relève tant du politique que de l'éthique. Son abolition va de pair avec la notion de progrès démocratique : « Partout où la peine de mort est prodiguée, la barbarie règne ; partout où la peine de mort est rare, la civilisation règne. » (*Actes et Paroles*)

CLÉS DE LECTURE

LE COMBAT CONTRE LA PEINE DE MORT

L'obsession de Victor Hugo pour la peine de la mort vient du fait qu'il a été marqué durant son enfance par une scène d'exécution publique à laquelle il a assisté à Burgos, en Espagne. Il a également été témoin, en 1820, de l'exécution de Louvel, l'assassin du duc de Berry, et, en 1827, de celle d'Ulbach, condamné pour avoir tué une jeune bergère.

Ces images restent gravées en lui et lui seront utiles dans son argumentaire pour dénoncer le caractère barbare et inhumain de la peine de mort. Hugo s'y intéresse autant parce que, selon lui, procéder de la sorte ramène la société au même rang que celui qu'elle juge et qu'elle condamne. La peine de mort est donc un acte primitif et inutile.

Dans *Les Misérables* (1862), il reviendra à ce thème :

> « L'échafaud, en effet, quand il est là, dressé et debout, a quelque chose qui hallucine. On peut avoir une certaine indifférence sur la peine de mort, ne point se prononcer, dire oui et non, tant qu'on n'a pas vu de ses yeux une guillotine ; mais si l'on en rencontre une, la secousse est violente, il faut se décider et prendre parti pour ou contre. » (*Les Misérables*, I, I, 4)

Historiquement, Hugo n'est pas le premier à s'intéresser à la peine de mort et à en vouloir l'abolition. Il s'agit en effet d'un combat de longue date, même si les prises de position en faveur de l'abolition restent peu nombreuses, le respect de la vie humaine étant une idée moderne.

- Il y a tout d'abord **Cesare Beccaria** (juriste et philosophe italien, 1738-1794), avec son essai *Des délits et des peines*. Ce texte fera l'effet d'une véritable bombe dans la France des Lumières, s'interrogeant sur le lien entre la gravité d'un délit et la lourdeur de la peine encourue. Tous les intellectuels européens le citent et lancent la réflexion sur la barbarie répressive : « Mais, si je prouve que la société en faisant mourir un de ses membres ne fait rien qui soit nécessaire ou utile à ses intérêts, j'aurai gagné la cause de l'humanité. » (chapitre XXVIII)
- **Louis-Michel Le Pelletier, marquis de Saint-Fargeau** (juriste et homme politique français, 1760-1793) est le premier à essayer d'abolir légalement la peine de mort : il est le rapporteur de la proposition de loi – pour ou contre la peine de mort – lors des débats des 30 mai et 1er juin 1791 à l'Assemblée nationale constituante. Il se prononce pour l'abolition complète de la sanction capitale, avec pour premier argument l'idée d'une prison qui permettrait de réinsérer le condamné. Selon lui, des peines plus utiles pour l'individu et pour la société pourraient être trouvées.
- **Robespierre** (avocat et homme politique français, 1758-1794) lui accorde son soutien lors de ces débats. Lui-même ira très loin pour abolir la peine de mort, même si cela changera lorsqu'il arrive au pouvoir quelques mois plus tard.

> « Je viens prier [...] les législateurs qui doivent être les organes et les interprètes des lois éternelles, que la divinité a dictées aux hommes d'effacer du code des Français les lois de sang

> qui commandent des meurtres juridiques, et que repoussent leurs mœurs et leur constitution, nouvelle. Je veux leur prouver : 1° que la peine de mort est essentiellement injuste ; 2° qu'elle n'est pas la plus réprimante des peines, et qu'elle multiplie les crimes beaucoup plus qu'elle ne les prévient. » (« La Révolution française et l'échec abolitionniste », in *Le Carnet de l'abolition*, 2012)

Dans les faits, la période qui suit la Terreur (période de la Révolution française durant laquelle des milliers de personnes ont été guillotinées) change les choses : l'opinion publique commence à saturer et la foule n'assiste plus autant aux mises à mort publiques. Le nombre d'exécutions capitales diminue au début du XIXe siècle. Néanmoins, entre 1820 et 1828, on compte encore 75 têtes tranchées.

C'est au cours du XIXe siècle que les choses évoluent, avec notamment *Le Dernier Jour d'un condamné*, qui se place du côté de l'homme et choisit de mettre en scène le monologue intérieur d'un condamné à mort.

Une première loi abolissant la peine de mort voit le jour en 1846 dans l'État du Michigan.

Durant le XXe siècle, le choc des conflits mondiaux fera réagir les intellectuels et la question de la peine de mort redevient d'actualité :

- **Albert Camus** (écrivain français, 1913-1960) **et Arthur Koestler** (écrivain hongrois, 1905-1983) publient un essai intitulé *Réflexions sur la peine capitale*. La première partie, signée par Koestler, est centrée sur des réflexions sur la

potence. La seconde partie, de Camus, se centre sur la guillotine. L'auteur de *L'Étranger* (1942) argumente sur les effets néfastes que peut avoir la peine de mort pour la société ;
- **Robert Badinter** (avocat et homme politique français, né en 1928) prend la défense d'un assassin en 1977 (Patrick Henry) et parvient à le faire emprisonner et ainsi à éviter la condamnation à mort. C'est à partir de ce moment que débute sa croisade pour l'abolition de la sentence capitale qu'il obtient le 9 octobre 1981.

UN ROMAN À THÈSE

À l'origine du *Dernier Jour d'un condamné*

L'écriture du *Dernier Jour d'un condamné* s'est nourrie de l'horreur que suscite chez Hugo la peine capitale. Selon Adèle, la femme de l'écrivain, c'est un évènement bien précis qui poussa son mari à la rédaction de cet ouvrage. Alors qu'il passait par la place de l'Hôtel-de-Ville, Hugo vit le bourreau répéter la « représentation » qui allait se jouer le soir même. L'image de cet exécuteur satisfait de son travail et la pensée d'un prisonnier aux affres de la mort furent insupportables pour l'auteur. Il se mit à l'écriture du *Dernier Jour d'un condamné* dès le lendemain et le termina trois semaines plus tard.

Encore jeune auteur, c'est la première fois qu'il fait de la peine de mort un sujet littéraire. Un autre roman, inspiré quant à lui d'un fait divers, *Claude Gueux* (1834), suivra peu de temps après.

Le récit : un monologue

Le Dernier Jour d'un condamné se présente comme le journal d'un condamné à mort, rédigé dans les 24 dernières heures de sa vie. Il s'agit d'un « journal des souffrances », où se mêlent souvenirs (de ses deux vies, celle en dehors et à l'intérieur de la prison), rêves, tourments et tristes évènements.

Hugo a tenté de sensibiliser son lecteur en lui faisant vivre les affres subies par un condamné à mort, indépendamment de ce qu'il a pu faire pour en arriver là. Pour cela, il a recours à une technique bien précise : le monologue. Cet ouvrage est un des premiers monologues intérieurs de la littérature française.

Le monologue intérieur

Selon la dénomination littéraire, le monologue intérieur est « le discours sans auditeur et non prononcé, par lequel un personnage exprime sa pensée la plus intime, la plus proche de l'inconscient, antérieurement à toute organisation logique » (Édouard Dujardin, initiateur du procédé).

La préface : un véritable plaidoyer/réquisitoire

La préface de l'édition de 1832 apporte une nouvelle dimension au texte romancé du *Dernier Jour d'un condamné*. Si ce dernier est une fiction destinée à sensibiliser le lecteur, la préface, quant à elle, est un vrai réquisitoire contre la peine de mort et un plaidoyer pour son abolition, rédigée dans un seul but : convaincre.

Ainsi, dans cette préface, le système énonciatif a été conçu pour imiter la plaidoirie d'un avocat. La parole y est mise en scène : Hugo semble s'adresser à un auditoire qu'il faut persuader. Pour accentuer cette théâtralisation, l'écrivain multiplie les traits d'oralité : les jeux de questions-réponses, les interpellations, les interjections, etc. jalonnent le texte.

Hugo a recours à de nombreux arguments pour mettre les lecteurs de son côté. Les preuves et les arguments avancés sont à la fois objectifs et subjectifs :

- preuves objectives : la théorie de l'exemple est largement démontée. L'auteur va même plus loin en affirmant que les pays où la peine de mort a été abolie ont vu la masse des crimes capitaux diminuer ;
- arguments subjectifs : Hugo fait appel à la sensibilité de son lecteur, par exemple dans le récit de trois exécutions ratées (« Il faut citer ici deux ou trois exemples de ce que certaines exécutions ont eu d'épouvantable et d'impie. Il faut donner mal aux nerfs aux femmes des procureurs du roi »).

Il est important de considérer conjointement le récit du *Dernier Jour d'un condamné* et sa préface. Le premier fait entièrement appel à la sensibilité et à l'émotion du lecteur par l'intermédiaire du narrateur condamné, tandis que la seconde est une arme de persuasion avec une forte stratégie argumentative. Ensemble, ils font du *Dernier Jour d'un condamné* un roman à thèse, dans lequel Hugo défend corps et âme le bienfondé de son combat abolitionniste.

Les dommages collatéraux

Le récit du *Dernier Jour d'un condamné* permet également à Hugo d'aborder une autre thématique : celle de la place de la femme dans la société et du sort qui lui est réservé lorsqu'elle perd son époux. En effet, l'auteur évoque les conséquences sur l'entourage proche du condamné : non seulement l'individu se voir privé de la vie, mais son entourage familial se voit également condamné :

> « Je laisse une mère, je laisse une femme, je laisse un enfant. Une petite fille de trois ans, douce, rose, frêle, avec de grands yeux noirs et de longs cheveux châtains. Elle avait deux ans et un mois quand je l'ai vue pour la dernière fois. Ainsi, après ma mort, trois femmes, sans fils, sans mari, sans père ; trois orphelines de différente espèce ; trois veuves du fait de la loi. J'admets que je sois justement puni ; ces innocentes, qu'ont-elles fait ? N'importe ; on les déshonore, on les ruine. C'est la justice. » (chapitre IX)

Hugo parle dans cet extrait de la destinée d'un entourage purement féminin laissé par le condamné à mort. L'auteur utilise ce procédé à la fois pour émouvoir son lecteur, mais également pour rappeler qu'à cette époque, la situation économique et sociologique des femmes dépend de leur situation familiale : une femme est sous la tutelle de son père et passe ensuite sous celle de son mari. Or, quand ce soutien disparait, elle n'a plus de pilier auquel se raccrocher. Les moyens de subsistance de sa famille deviennent alors précaires et leur avenir très incertain.

PORTRAIT D'UN ANTIHÉROS

Les faiblesses d'un homme

Tout au long de son incarcération et de la rédaction de son journal, sorte d'« autopsie intellectuelle » de ses souffrances, le narrateur est en proie à des sentiments contrastés et contradictoires : espoir, colère, peur, abattement, courage, etc.

Le condamné essaie de s'interdire toute espérance, afin d'éviter une désillusion trop cruelle. Mais il ne peut s'empêcher d'imaginer des plans d'évasion (« Oh ! Si je m'évadais, comme je courrais à travers champs ! », chapitre XXVII) et cette idée l'obsède. Il est atterré en réalisant que toute tentative de fuite est vouée à l'échec et que sa mort est inexorable (« Je me suis rassis, muet et plus désespéré de toute l'espérance que j'avais eue », chapitre XXXII).

L'homme alterne pensées de bravoure et moments de défaillance quand il entrevoit ce qui l'attend (« Je ne suis pas préparé, mais je suis prêt. Cependant ma vue s'est troublée, une sueur glacée est sortie à la fois de tous mes membres, j'ai senti mes tempes se gonfler, et j'avais les oreilles pleines de bourdonnements », chapitre XXI). L'image de la guillotine le torture et la mort l'effraie, car il ne sait pas ce que cela fait de mourir sous la lame de la machine d'Antoine Louis (« Encore si je savais comment cela est fait, et de quelle façon on meurt là-dessus ! Mais c'est horrible, je ne le sais pas », chapitre XXVII). À d'autres moments, il ne recule pas devant l'horreur et affronte ces visions effrayantes (« Eh bien donc ! Ayons courage avec la mort, prenons cette horrible idée à deux mains, et considérons-la en face », chapitre XLI).

Ses derniers instants oscillent entre révolte et régression. Il monte fièrement sur la charrette le menant à l'échafaud et la fureur s'empare de lui (« Une rage m'a pris contre ce peuple. J'ai eu envie de leur crier : – Qui veut la mienne [de place] ? », chapitre XLVIII). Mais cet ultime sursaut héroïque est très vite rattrapé par la peur et l'abattement (« Il m'a donné le bras, je suis descendu, puis j'ai fait un pas, puis je me suis retourné pour en faire un autre, et je n'ai pu », *ibid.*).

Ce n'est pas en héros que le condamné monte sur l'échafaud, mais en homme apeuré et lâche. Il n'a pu vaincre l'idée de la mort et l'affronter la tête haute. S'il a eu quelques accès d'audace et de vaillance, l'effroi domine ce personnage. Au final, il est un homme comme les autres : terrifié et faible face à sa propre mort.

Un personnage presque anonyme

On sait peu de choses sur le narrateur. Les informations le concernant sont distillées à travers ses impressions et ses souvenirs :

- c'est un homme encore jeune, sain et fort. Il est marié et père d'une jeune enfant ;
- il semble être issu d'un milieu social qui lui a apporté une certaine aisance matérielle et culturelle. Il évoque une de ses lectures, les récits des voyages du biologiste italien Spallanzani (1729-1799) et il se plait à citer des phrases en latin ;
- le crime et ses circonstances ne seront jamais connus du

lecteur ;
- le chapitre 47, censé raconter son histoire, est vide.

Cet anonymat et ce manque d'informations font partie d'une stratégie narrative :

- en le qualifiant et en le décrivant le moins possible, l'écrivain fait de son condamné le représentant de tous les condamnés, qu'ils soient truands ou innocents. Ce n'est pas un cas particulier qui est défendu, mais tous les hommes enfermés dans l'attente de leur mort. La portée de l'œuvre se voit ainsi élargie. Alors que dans *Claude Gueux* le propos est individuel, dans *Le Dernier Jour d'un condamné*, il est universel ;
- le peu de détails sur cet homme permet une plus grande identification du lecteur à son égard. Le condamné renvoie ainsi le lecteur à sa propre angoisse de la mort, à une différence près : le narrateur, lui, en connait la date.

Un individu contre la foule

Dans *Le Dernier Jour d'un condamné*, la foule entre en opposition avec l'individu condamné à mort.

Le futur supplicié exerce sur elle une réelle fascination : on pense qu'il est capable de prédire les chiffres de la loterie, il attire des curieux en prison et ses déplacements sont toujours suivis de longs cortèges.

Il est au centre de tous les regards, mais sa position de narrateur lui permet également de jauger la foule. Une véritable confrontation a lieu entre elle et lui (« Des marchands de sang humain criaient à tue-tête : – Qui veut des places ? Une rage m'a pris contre ce peuple, j'eus envie de leur crier : Qui veut la mienne ? », chapitre XLVIII).

Le portrait de la masse populaire dressé par Hugo est des plus virulents. Il multiplie les observations glaçantes destinées à stigmatiser l'inhumanité, voire la bestialité de cette foule indistincte (« hurlement de la populace », « spectateurs avides et cruels », « Oh ! L'horrible peuple avec ses cris de hyènes ! »).

Ce faisant, l'écrivain renvoie la société sur le banc des accusés. Tous ceux qui regardent le spectacle sanglant de la place de Grève sont complices de ce crime. Le peuple est d'autant plus responsable qu'il réclame à grands cris ce meurtre et est même prêt à payer pour y assister.

PISTES DE RÉFLEXION

QUELQUES QUESTIONS POUR APPROFONDIR SA RÉFLEXION…

- Commentez cette citation d'Hugo : « Partout où la peine de mort est prodiguée, la barbarie règne ; partout où la peine de mort est rare, la civilisation règne. » (*Actes et Paroles*)
- Hugo a lutté toute sa vie contre la peine de mort. Pensez-vous que ce livre ait eu moins/autant/davantage de pouvoir que ses discours politiques et ses articles ? Justifiez votre réponse.
- Hugo n'est pas le premier écrivain à s'engager dans le combat contre les injustices et les inégalités. Comparez son propos, notamment dans la préface du *Dernier Jour d'un condamné*, avec les propos de Voltaire (écrivain et philosophe français, 1694-1778) dans l'article « Torture » du *Dictionnaire philosophique*.
- Quels sont les procédés utilisés par Hugo pour provoquer l'identification du lecteur au narrateur ?
- Qu'est-ce qui différencie *Le Dernier Jour d'un condamné* de *Claude Gueux* ?
- Pourquoi peut-on dire que le temps joue un rôle essentiel dans le récit ?
- Entre le début et la fin du texte, le personnage a-t-il évolué ?
- *Le Dernier Jour d'un condamné* joue à la fois sur le tragique, le pathétique et l'humour noir. Expliquez et donnez des exemples.
- Hugo inaugure, avec cette œuvre, un genre nouveau, le

monologue intérieur, dont se sont inspirés de nombreux romanciers après lui, notamment Albert Camus dans *L'Étranger*. Comparez les deux œuvres.
- Dès sa parution en 1829, ce texte a fait scandale. Comment expliquez-vous cela ?

Votre avis nous intéresse !
Laissez un commentaire sur le site de votre librairie en ligne
et partagez vos coups de cœur sur les réseaux sociaux !

POUR ALLER PLUS LOIN

ÉDITION DU TEXTE

- Hugo V., *Le Dernier Jour d'un condamné*, Paris, Flammarion, 2010.

ÉTUDES DE RÉFÉRENCE

- « Albert Camus et Arthur Koestler » in *Le Carnet de l'abolition*, 2012, consulté le 16 septembre 2016, http://abolition.hypotheses.org/155
- Beccaria C., *Des délits et des peines*, Paris, Flammarion, coll. « GF », 2006.
- Bertozzo M., « Louis-Michel Lepeletier de Saint-Fargeau : l'oublié des journées des 20 et 21 janvier 1793 », in *Revue générale du droit*, 2015, consulté le 16 septembre 2016, http://www.revuegeneraledudroit.eu/blog/2015/01/23/louis-michel-lepeletier-de-saint-fargeau-loublie-des-journees-des-20-et-21-janvier-1793/
- Guerrier S., « Le discours de Badinter sur la peine de mort », in *Le Figaro.fr*, consulté le 28 septembre 2016, http://www.lefigaro.fr/politique/le-scan/2014/04/08/25001-20140408ARTFIG00067-le-discours-de-badinter-sur-la-peine-de-mort.php
- « La Révolution française et l'échec abolitionniste » in *Le Carnet de l'abolition*, 2012, consulté le 16 septembre 2016, https://abolition.hypotheses.org/348#footnote_3_348
- Le Naour J.-Y., *Histoire de l'abolition de la peine de mort*, Perrin, 2011.

ADAPTATION

- Gros S., *Le Dernier Jour d'un condamné*, Paris, Delcourt, 2007.

SUR LEPETITLITTÉRAIRE.FR

- Commentaire portant sur la préface de 1832 du *Dernier Jour d'un condamné*.
- Commentaire portant sur la préface de *Cromwell* de Victor Hugo.
- Commentaire portant sur la scène II de l'acte I de *Hernani* de Victor Hugo.
- Commentaire portant sur le chapitre VI du livre I de *Notre-Dame de Paris* de Victor Hugo
- Fiche de lecture sur *Claude Gueux* de Victor Hugo.
- Fiche de lecture sur *Hernani*.
- Fiche de lecture sur *Les Misérables* de Victor Hugo.
- Fiche de lecture sur *L'Homme qui rit* de Victor Hugo.
- Fiche de lecture sur *Notre-Dame de Paris*.
- Fiche de lecture sur *Quatrevingt-Treize* de Victor Hugo.
- Fiche de lecture sur *Ruy Blas* de Victor Hugo.
- Fiche de lecture sur *Les Contemplations* de Victor Hugo.
- Questionnaire de lecture sur *Le Dernier Jour d'un condamné*.
- Questionnaire de lecture sur *Claude Gueux*.
- Questionnaire de lecture sur *Quatrevingt-Treize*.

L'éditeur veille à la fiabilité des informations publiées, lesquelles ne pourraient toutefois engager sa responsabilité.

© LePetitLittéraire.fr, 2016. Tous droits réservés.

www.lepetitlitteraire.fr

ISBN version numérique : 978-2-8062-1815-5
ISBN version papier : 978-2-8062-1329-7
Dépôt légal : D/2013/12603/427

Avec la collaboration d'Alexandre Randal pour les chapitres suivants : « Le combat contre la peine de mort » et « Les dommages collatéraux »

Conception numérique : Primento,
le partenaire numérique des éditeurs.

Ce titre a été réalisé avec le soutien de la Fédération Wallonie-Bruxelles, Service général des Lettres et du Livre.